오깜빡 선생님과 노빵점 교실

이란실 글 남주현 그림

파스텔하우스

차례

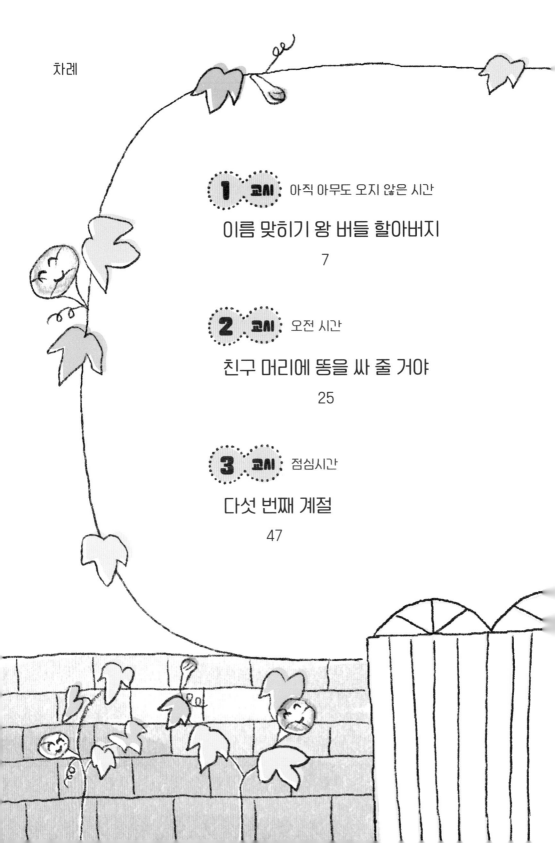

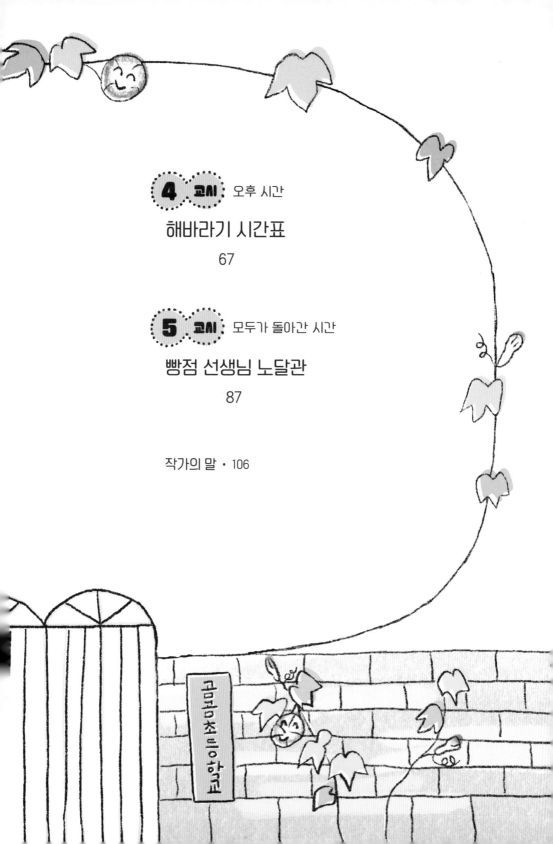

금곰모초등학교

아직 아무도
오지 않은 시간

1 교시

이름 맞히기 왕
버들 할아버지

곰곰 초등학교에는 버드나무 할아버지가 있어요.
나이가 백 살도 넘은 왕 버들이지요. 할아버지는 곰곰
초등학교에서 태어나고 자랐대요.
구불구불 버들 팔이 **무지무지** 많답니다.
"돋아라! 백마흔일곱 번째 팔. 힘내자! 백마흔여덟
번째 팔."

팔은 매일 조금씩 더 자라났어요. 새로 돋아나기도
했고요. 할아버지가 더 할아버지가 되는 동안 점점
튼튼해졌지요.

우르르 천둥이 치던 어느 밤, 팔 하나가 **우지끈**
떨어져 나간 적도 있지만 할아버지는 끄떡없었어요.

또르르, 퐁!

이슬방울이 굴러 버들잎 끝에 매달렸다가 파란
연못으로 떨어졌어요.

"할아버지, 저는 더 잘 거예요. 깨우시면
안 돼요."

비단이가 눈도 다 감지 않고 잠꼬대를
했어요. 비단이는 어린 비단잉어예요.
비단 연못에 둥둥 뜬 채 **뽀글뽀글**
잠을 잤지요.

"하나둘 곰! 곰! 둘둘 곰! 곰!"

부지런한 버들 할아버지는 새벽 체조를 시작했어요.

체조를 해야 튼튼해진다나요.

그 소리에 비단이가 눈을
동그랗게 떴어요.

"할아버지, 아침은 아직도
멀었다고요. 아흠."

하품을 뽀글 한 번 하더니
개구리밥 이불 아래 다시 쏙
숨었지요.

연못에 뜬 새벽달이 슬며시
웃었어요.

동쪽 바람이 노래를 부르면
버들 춤이 시작돼요. 바람이
버들 팔 사이로 **솔솔** 지나면
잎들은 바람 세수를 하지요.

"이제 조금만 더 기다리면 되겠군. 허허."

할아버지는 학교 문이 열리기 전부터 아이들을 기다려요. 땅속의 버들 발가락을 **꼼지락꼼지락** 대면서요.

"오늘은 1학년 1반 이름부터 외워 볼까?"

할아버지는 이름 맞히기 왕이에요. 곰곰 초등학교 아이들 이름을 모두 알지요. 1학년부터 6학년까지 빠짐없이요.

"은유리는 바느질, 오강돌은 거북이……."

아이들 목소리만 들어도 뭘 좋아하는지까지 다 알아요. 오늘 점심밥을 안 남기고 다 먹었는지도요.

"야앙, 여기로 들어가는 걸깡?"

그때 학교 뒷문에서 아이 목소리가 들려왔어요.

이건 처음 듣는 목소리였어요. 누가 벌써 왔지?

이 새벽에?

"아무도 없나용?"

도무지 이름이 떠오르지 않는 목소리였어요.

때마침 동쪽 햇살이 학교 뒷문을 비추었어요. 햇살
아래 작은 고양이가 보였어요. 까만 고양이는 문에
꼭 붙어서 커다란 눈을 반짝였지요.

"안녕하세용. 저는 꽃님이예용!"

"꼬, 꼬, 꽃님이? 오호, 꽃님이!"

꽃님이를 부르는 할아버지 목소리가 얼마나 큰지
학교 구석구석 꽃님이 이름이 울려 퍼졌어요. 학교
담장에 나팔꽃도 깜짝 놀라서 보랏빛 꽃망울을 퐁
터뜨렸지요.

"열어 주세용! 열어 주세용!"

꽃님이는 학교 문을 힘껏 밀어 보았어요. 하지만
꼭 닫힌 문은 꿈적도 하지 않았어요. 학교를 둘러싼
담장도 너무 높았고요.

꽃님이는 학교에 너무너무 들어가 보고 싶었어요.

할아버지가 말했어요.

"꽃님아, 학교는 마냥 놀기만 하는 놀이터가
아니야. 알고 있니?"

곰곰 초등학교에 오면 곰곰 시간표대로 배워야
한대요. 아이들도 선생님도 시간표 약속을 지켜야
한대요. 고양이라고 봐줄 수는 없대요.

꽃님이는 고개를 끄덕였어요.

"곰곰 시간표용! 저도 주세용, 주세용!"

주세용~

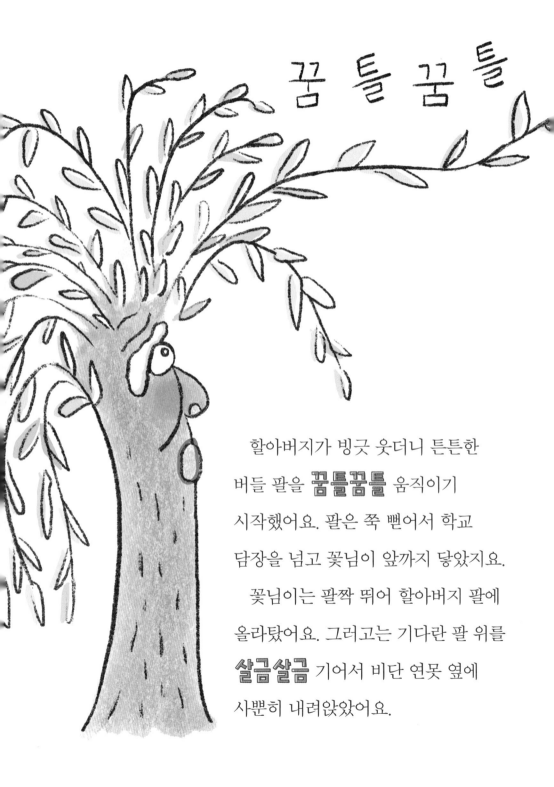

꿈틀꿈틀

할아버지가 빙긋 웃더니 튼튼한
버들 팔을 **꿈틀꿈틀** 움직이기
시작했어요. 팔은 쭉 뻗어서 학교
담장을 넘고 꽃님이 앞까지 닿았지요.
꽃님이는 팔짝 뛰어 할아버지 팔에
올라탔어요. 그러고는 기다란 팔 위를
살금살금 기어서 비단 연못 옆에
사뿐히 내려앉았어요.

"물고기양, 물고기양."

학교에 들어온 꽃님이는 비단이를
처음 만나서 반가웠어요. 자기 이름을 알려 주고,
친구 이름도 물어봤지요.

"내 이름은 비단이야."

비단이는 비단처럼 빛깔이 곱다고 할아버지가
지어 준 이름이었어요.

꽃님이는 비단이 이름이 부러웠어요.

"정말 멋진 이름이구낭. 내 이름은 별로인데…….
나는 몸도 새까맣고, 주홍빛 지느러미도 없엉."

그러자 옆에서 듣던 할아버지가 말했어요.

"꽃님이가 뭐 어때서!"

할아버지는 꽃 피우기가 세상에서 가장 대단한
일이라고 했지요. 꽃님이는 이름대로 향기롭게
피어난 꽃처럼 살 거랬어요.

비단이도 꽃님이 이름을 **종알종알** 외웠어요.
선생님이 아이들에게 글자를 가르쳐 줄 때처럼요.

"**까**만색에도 '**ㄲ**', **꽃**님이에도 '**ㄲ**'이 있으니까
까만 내 친구는 꽃님이!"

비단이는 꽃님이 이름을 열 번도 넘게 불렀어요.
친구 이름을 잊어버리지 않을 자신이 있었지요.

버들 할아버지가 팔을 이리저리 흔들며 춤추었어요.
꽃님이가 물었어요.

"할아버지는 팔이 왜 그리 많아용? 그리고 팔이 왜
다 굽었어용?"

그러자 할아버지는 팔로 작은 바람을 만들었어요.

"팔이 굽으면 이렇게 바람을 안아 줄 수 있거든.
울퉁불퉁 주름살로는 빗물을 쉬어 가게 해 주지."

버들 할아버지는 먼 길 떠나는 바람과 빗물의
친구였어요. 그 누구와도 친구로 지냈지요.

"굽은 팔로 비단이도 안아 주세요!"

"꽃님이도용!"

"안아 주고 말고. 백 번 천 번 안아 주고 말고."

곰곰 초등학교 비밀 정원에는 버드나무 할아버지가
있어요. 모두의 이름을 불러 주는 다정한 친구지요.
아이들과 매일매일 자라는 왕 버들 할아버지예요.

2 교시

오전 시간

친구 머리에 똥을 싸 줄 거야

삐쭈삐쭈삐쭈삐쭈.

참새 삐쭈는 체육 시간만 기다렸어요. 아이들이
운동장으로 다 뛰어나오는 시간이거든요.

"할아버지, 버들 할아버지!"

삐쭈는 뭐가 그리 급한지 숨도 안 쉬고 할아버지를
불러 댔어요.

"그래, 어젯밤 또 똥 꿈을 꿨다고? 전날 밤에도 꿨고,
오늘 밤에도 꾸게 될 그 똥 꿈, 똥 친구 말이지?"

똥 친구? 작은 벌레들과 풀들이 귀를 쫑긋했어요.
꿀을 따러 가던 개미들도 걸음을 멈추었지요.

"쉿! 제가 말씀드렸잖아요. 이건 할아버지와
저만의 비밀이라고요. 비밀!"

삐쭈가 할아버지 귀에 들릴 듯 말 듯 **속삭속삭**
했어요. 하지만 개미들은 또렷이 들었지요.

그건 이미 곰곰 초등학교 운동장에 모두가 아는
비밀이었어요. 삐쭈가 사흘 내내 떠들었으니까요.
"오늘은 꼭 쌀 거예요. 똥, 똥, 똥이요!"
개미들이 소문을 또 나르기 시작했어요. 삐쭈가
어떤 아이 머리에 똥을 싸 준다고요.

새들은 자기 것에 똥을 싸요. 길 가던 강아지가
마음에 드는 데 오줌을 싸듯이 말이에요. 삐쭈는
똥을 싸서 친구를 가질 거래요.
"그렇다고 아무 데나 똥을 싸면 안 되지."
할아버지가 이렇게 말해서 삐쭈는 속상했어요.
얼마나 친구를 갖고 싶은지 몰라주니까요.

"친구는 갖는 게 아니란다. 친구는 먼저 되어 주는
거야. 그럼 그 친구도 내 친구가 되어 주지. 에헴."
　친구가 되어 주면 친구가 된다고요? 그게 무슨
말이에요? 할아버지의 말은 가끔 어려웠어요.
　"몰라요! 저는 친구가 갖고 싶어요. 내 친구가 될
아이 머리에 꼭 똥을 싸 줄 거예요!"

삐쭈삐쭈삐쭈.

삐쭈는 운동장으로 홀쩍 날아갔어요.

아이들이 정말 많았어요. 딱지놀이하는 아이들, 휴대폰 게임에 홀딱 빠진 아이들, 댄스 연습을 하는 아이들…….

삐쭈는 아이들을 차례대로 살폈어요. 누구를 친구로 하지?

"아야야……. 아이고, 아이고."

갑자기 삐쭈의 배가 아파 왔어요. 아무래도 아침을 너무 많이 먹은 것 같아요. 배가 터질 듯이 볼록했어요. 머리도 어질어질해서 잠깐 내려앉았지요.

그때였어요!

파드득

"슛! 골인!"

삐쭈는 깜짝 놀라 **파드득** 날았어요. 웬
남자아이가 삐쭈를 향해 축구공을 찼거든요.
삐쭈가 앉은 자리가 축구 골대였으니까요.

31

철퍼덕!

축구공에 놀란 삐쭈는 그만 똥을 싸 버렸어요.

개미들이 기다렸다는 듯 **꼬물꼬물** 몰려들었지요.

모두 기다리는 똥 비밀을 부지런히 날랐어요.

"삐쭈가 드디어 친구 머리에 똥을 쌌대."

"친구가 누구래?"

"축구 골대래!"

삐 – 쭈 삐 – 쭈우우우.

아이들은 이제 모두 교실로 돌아갔어요. 삐쭈만
남아서 버들 할아버지 어깨에 앉아 훌쩍였지요.
축구 골대와 친구가 되고 싶은 참새가 세상에 어디
있겠냐며 말이에요.

한 말을 또 하고, 또 하고…….

"아, 맞아요! 축구공을 찬 아이, 차지용이랬어요!
똑똑히 들었어요."

삐쭈는 아이의 노랑 운동화가 떠올랐어요.

노랑은 삐쭈가 제일 좋아하는 색이었지요.
좋아하는 씨앗도 노랑, 맛있는 과자 부스러기도
노랑, 꿈에서 본 똥도 노랑이었어요.

"할아버지, 노랑 운동화를 찾을 거예요! 제 친구가
어디 있는지 꼭 찾아낼 거예요."

삐쭉!

삐쭉는 교실을 향해 휙 날아갔어요. 할아버지가
말릴 틈도 없었지요. 지켜보던 개미들은 무서워서
오들오들 떨기만 했어요.

새가 학교 건물로 날아 들어가다니……. 어떤 일을
당할지 상상도 하기 싫었지요.

'어라? 노랑 운동화가 어디로 갔지? 이쪽인가?'

현관으로 들어온 삐쭈는 날개를 파닥이며 계단을
 오르고, 복도를  지났어요.

학교 건물 안으로 들어온 것은 처음이라서 모든 게
신기했어요. 버들잎처럼 쭉 늘어선 교실마다 아이들이
가득했지요.

"찾았다. 찾았어!"

삐쭈가 드디어 노랑 운동화를 찾아냈어요. 흙이
잔뜩 묻은 노랑 운동화가 신발장에 놓여 있었어요.
삐쭈는 노랑 운동화에 내려앉았지요.

삐쭈삐쭈삐쭈 삐쭈삐쭈삐쭈.

"어? 참새다. 참새가 들어왔다!"

쉬는 시간이 되자 1학년 1반 교실에서 한 아이가 소리를 치며 뛰어나왔어요. 축구왕 차지용! 노랑 운동화의 주인은 그 아이가 틀림없었어요.

"친구야, 안녕? 나는 삐쭈야! 삐쭈삐쭈삐쭈."

"얘들아, 참새도 축구화를 신고 싶은가 봐."

지용이가 아이들을 불렀어요. 딱지보다 게임기보다 더 재미있는 장난감이 있다고요.

아이들이 **우당탕우당탕** 복도로 뛰어나왔어요.

한꺼번에 몰려오는 아이들에 삐쭈는 겁이 났어요.

'버들 할아버지 어디 계세요? 하늘이 어디 있지?

어디로 나가야 하지?'

삐쭈는 하늘을 찾아 온몸을 날렸어요.

픽! 파닥!

"참새가 유리창에 부딪쳤어! 하늘인 줄 아나 봐."

유리창이 투명해서 닫혀 있는 것도 모르고 삐쭈는
자꾸 몸을 부딪쳤어요. 아이들은 걱정이 되었지요.

"유리창에 그림을 붙이면 어떨까?"

한나가 유리창을 벽으로 알게 해 주자고 했어요.
그렇게 1학년 1반 아이들은 미술 시간에 그린 그림을
유리창에 붙이기 시작했어요.

의자를 가져오는 아이, 의자 위에 올라서는
아이가 힘을 모았어요. 그림을 유리창에 가져다
대는 아이, 풀로 붙이는 아이가 힘을 모았고요.
유리창은 금세 **알록달록** 그림 벽이 되었지요.

"내가 참새를 열린 창문 쪽으로 데려갈게!"

지용이가 축구왕답게 달리기 실력을 보여 줬어요. 하지만 삐쭈는 아무것도 모르고 아이들이 자기를 괴롭힌다고만 생각했어요.

'나는 친구를 갖고 싶었을 뿐이야! 너희들은 맨날 너희들끼리만 놀잖아.'

학교에 제일 먼저 등교하고, 학교가 좋아 온종일 삐쭈삐쭈 노래해 봐도, 아무도 삐주와 같이 놀아 주지 않았어요.

참새는 딱지놀이도 할 줄 모르고, 슛 골인도 못 하니까요. 학교는 아이들이 다 차지했어요.

삐쭈르르 삐쭈르르.

삐쭈 울음소리는 교실 복도로, 건물 밖 운동장으로 더 멀리 퍼져 나갔어요.

"그쪽이 아니야, 이쪽이라고!"

지용이의 이마는 땀범벅이 되었어요.

"그래, 그쪽 창문이 열렸잖아. 조금만 더! 더!"

삐쭈는 열린 창문 너머 버들 할아버지를 봤어요.

할아버지가 팔을 흔들고 있었어요. 때마침 **휭**

바람이 불어 왔지요.

삐쭈는 바람을 향해 날아올랐어요. 온 힘을 다해!

"그래. 슛! 골인!"

1학년 1반 아이들이 한목소리로 응원했어요. 다른 반 아이들도 창문을 열고 짝짝짝 손뼉을 쳤어요.

돌아온 삐쭈에게 할아버지가 말했어요.

"똥 꿈이 소원을 들어준 것 같구나."

"할아버지, 친구들이 저 보고 슛돌이래요. 슛! 골인!"

숯돌이 삐쭈는 이제 친구가 정말 많아졌어요. 곰곰
초등학교 아이들이 모두 친구가 되어 주었으니까요.
삐쭈도 모두의 친구가 될 거래요.

"허허, 잘 됐구나. 이 할아비 말이 맞지?"

삐쭈삐쭈삐쭈삐쭈.

숯똥숯똥숯똥숯똥.

3 교시

점심시간

다섯 번째

계절

오늘은 자리 바꾸기를 하는 날이에요. 1학년 1반 아이들은 학교 교실에 오는 순서대로 작은 카드를 받았어요. **빨강**, **초록**, **파랑**, **노랑**……. 카드마다 색깔이 달랐지요.

담임 선생님인 오다정 선생님이 말했어요.

"자, 여러분. 이제 카드 색깔이 같은 친구들끼리 모여 볼까요?"

선생님 말씀대로 아이들은 같은 색깔 카드를 가진 친구를 찾기 시작했어요.

그렇게 1학년 1반 스물한 개 자리가 새 주인을 만났어요. 같은 색깔 카드 친구들은 같은 모둠이 되었지요.

"선생님, 모둠에 이름도 있으면 좋겠어요."

맨 앞자리에 앉은 아이가 말했어요. 창가에 앉은 아이는 계절 이름으로 하면 좋겠다고 했지요.

교실 맨 뒤에 앉은 아이가 빨강 카드를 번쩍 들어
올렸어요.

"그럼 우리는 겨울 모둠이에요. 겨울에는 빨강
옷을 입은 산타 할아버지가 오시니까요!"

빨강 카드를 받은 아이들은 크리스마스 선물을
받은 듯 좋아했어요.

노랑 카드를 받은 아이들은 카드에 노랑 은행잎을
그렸어요. 그리고 다 함께 가을 모둠이 되었지요.

조회 시간 내내 아이들은 모둠 색깔에 어울리는
계절 이름을 지었어요.

빨강 크리스마스가 있는 겨울을 지나면,
초록 새싹이 눈을 뜨는 봄이 오지요.
파랑 바다가 시원하게 넘실대는 여름이 가면,
노랑 은행잎이 떨어지는 가을이 찾아오고요.

그럼 그다음은요? 아직 한 색깔이 더 남아 있었어요.

"선생님, 저희는 계절이 없어요!"

하양 카드를 들고 있는 아이들은 모둠 이름을 짓지 못했어요. 1학년 1반에는 다섯 개의 모둠이 있었어요. 하지만 계절은 봄, 여름, 가을, 겨울, 네 개뿐이었지요. 계절 하나가 모자랐어요. 이를 어쩌지요?

담임 선생님이 고개를 갸우뚱갸우뚱 곰곰이 생각하다가 말했어요.

"오! 깜빡했네."

네 가지 색깔로 카드를 만들려고 한 건데, 그만 다섯 가지 색깔로 만들어 버린 거예요. 새봄에 처음 선생님이 된 오다정 선생님은 이래서 별명이 '오깜빡'이에요. 늘 뭔가 깜빡깜빡 잊어버리거나 잃어버렸으니요.

반 아이들도 깜빡깜빡 소리를 내며 웃었어요. 하양 카드를 받은 다섯 아이들만 빼고요. 다섯 번째 모둠 아이들도 이름을 갖고 싶었어요.

오!
깜빡했네.

"음, 다섯 번째 계절 이름은⋯⋯."

다섯 아이들은 선생님 말씀에 귀를 기울였어요.

눈빛은 **초롱초롱**, 침도 **꼴깍** 삼켰지요.

그때였어요. **팅동댕**! 수업이 끝나는 종이 울리고

점심시간이 되었어요.

다섯 번째 계절 이름 짓기는 숙제가 되고 말았지요.

점심을 먹은 아이들은 모두 운동장으로 나갔어요. 점심시간은 자유예요. 공부를 안 해도 되고, 숙제도 없지요.

오늘은 딱 다섯 아이들만 빼고요. 하양 카드를 받은 아이들이 운동장 한쪽에 모였어요.

"모둠 이름을 정하기 전에 모둠장부터 뽑자!"

한나가 앞장서서 말했어요. 옆에 있던 다은이도 좋은 생각이라고 했어요. 하지만 누구를 모둠장으로 뽑을지가 문제였지요.

"달리기 시합으로 정하자!"

지용이가 제일 먼저 나섰어요. 지용이는 1학년 1반 축구왕이에요. 6학년이 되면 곰곰 초등학교 축구반 주장이 될 거랬어요.

달리기 시합은 누가 1등일지 해 보나 마나였지요.

"가, 나, 다 이름순으로 하면 어떨까?"

이어서 한나가 말했어요. 한나 이름은 '강한나'이고 '강'은 '가'로 시작하니까, 그럼 누가 첫 번째가 될지 그것도 뻔했지요.

옆에 있던 키가 작은 강돌이는 누가 모둠장을 하든 좋다고 했어요. 유리는 자기는 절대로 모둠장은 안 할 거라고 작은 목소리로 말했어요. 다은이는 다른 모둠 여자애들이 댄스 연습하는 것만 쳐다봤고요.

다른 모둠 아이들은 운동장에서 신나게 놀고 있는데……. 다섯 번째 모둠의 다섯 아이들은 점점 힘이 빠졌어요.

때마침 하늘도 어두워지기 시작했어요.

쿠르릉 쿠콰아앙.

천둥소리에 아이들이 놀라서 소리를 질렀어요.
후드득 소나기가 쏟아지자 모두 교실을 향해
달려갔지요.

운동장에는 다섯 번째 모둠 아이들 다섯 명만
남았어요. 아이들은 미끄럼틀 아래로 모였지요.
비가 그칠 때까지 잠시 있기로 했어요.

한나가 말했어요.

"소나기니까 금세 그칠 거야!"

다은이도 한나 말에 맞장구쳤어요.

"맞아. 지금 뛰어가다가는 물에 빠진 생쥐 꼴이
될걸?"

그러자 지용이가 **찍찍** 소리를 냈어요.

"지금 장난할 때가 아니야."

유리가 작은 목소리로 말했어요.

"이름을 못 정하면 벌 청소를 할 거야. 틀림없어."

오늘은 정말로 힘든 날이에요. 그때였어요. **야옹,** **야옹, 야옹**……. 분리수거장에서 고양이 울음소리가 들려왔어요.

"고양이가 갇혔나 봐. 구해 주자!"

강돌이가 빗속을 뚫고 달려갔어요. 동시에 아이들도 강돌이를 따라 뛰어갔지요.

분리수거장에 버린 커다란 상자 안에서 울음소리가 나고 있었어요. 아이들이 함께 상자를 들어 올렸지요.

하나둘!

야옹!

후다닥 뛰쳐나온 까만 고양이는 금세 저 멀리 사라졌어요.

"이것 좀 봐. 고양이가 우산을 주고 갔어."

유리가 커다란 상자를 가리키며 말했어요.

"그러네. 우리 이 고양이 우산을 함께 쓰자."

한나가 말하자 지용이가 나섰어요. 자기가 잘
달리니까 모두 따라오기만 하랬지요.

하지만 지용이가 맨 앞에 서자 상자가 뒤쪽으로
기울었어요. 지용이는 반에서 키가 제일 컸거든요.
뒤에 아이들은 상자가 너무 무거웠어요.

"걷기가 힘들어. 키를 맞춰 보자!"

그렇게 키가 제일 큰 아이가 키가 작은 친구에게
앞자리를 내어 주었어요. 키가 작은 아이는 키가
더 작은 친구에게 앞자리를 내어 주었고요.
　　맨 앞에 서는 것보다 우산을 함께 잘 쓰는 게
더 중요했거든요. 팔을 힘껏 쭉 뻗거나, 허리를
살짝 굽히면서 서로 키를 맞추었지요.
　　키가 제일 작은 강돌이는 맨 뒤에서 가겠다고
했어요. 누군가는 그래야 한다면서요.

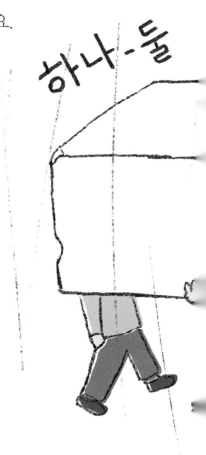

"자. 그럼, 출발이다!"
"그래!"
유리가 씩씩하게 외쳤어요.
"하나!"
친구들도 함께 외쳤어요.
"둘!"

다은이가 다시 '하나'를 시작하고, 친구들은 또
'둘'을 외치며 발을 맞추었어요. 커다란 고양이
우산이 **하나둘**, **하나둘** 앞으로 착착 나아갔어요.
넘어지는 아이도, 비를 맞는 아이도 없었지요.

맨 뒤에 강돌이가 '하나'를 외칠
차례였어요. 그런데…….
"이제 끝!"
고양이 우산 발걸음이 **뚝** 멈췄어요. 끝이라고?
"얘들아, 저기 봐!"
강돌이의 손짓에 아이들 모두 뒤로 돌아 하늘을
보았어요. 어느새 비가 그쳤어요! 앞만 보고 가느라
뒤쪽 하늘이 맑게 갠 것도 몰랐지 뭐예요?

"찾았다! 우리 모둠 이름."

유리가 소리 높여 말했어요. 유리
목소리가 그렇게 클 줄은 아무도 몰랐지요.

아이들은 유리가 찾아낸 모둠 이름이 어디에
있는지 두리번거렸어요.

"와! 무지개?"

"만세! 무지개야."

아이들은 어깨동무를 하고 폴짝폴짝 뛰었어요.

봄, 여름, 가을, 겨울……, 그다음
다섯 번째 계절은? 모든 빛깔을
다 담은 무지개예요.

"우리는 무지개예요, 선생님.
이제 숙제 끝!"

오후 시간

다은이는 필통에서 스티커를 꺼냈어요. 해바라기 스티커였지요.

"월요일 2교시, 화요일 4교시⋯⋯."

스티커를 떼어 시간표의 수학 글자에만 붙였어요. 그러자 수학 시간은 점점 해바라기 시간으로 변해 갔어요.

"어? 없네?"

해바라기 스티커가 이제 하나도 남지 않았어요. 수학 글자가 너무 많아서 다 써 버렸거든요. 수학 교과서에 수학 글자는 너무 커서 스티커를 여덟 개나 붙였지요.

다은이는 입술을 쭉 내밀었어요. 눈썹도 못난이
인형처럼 찡그렸고요.

"아, 수학은 정말 어렵단 말이야."

그때, 마지막 수업 시작종이 울렸어요.

오다정 선생님이 말했어요.

"오늘은 그동안 배운 더하기 문제를 풀 거예요. 옆 친구를 보지 말고 혼자 힘으로 풀어야 해요."

종이 칠 때까지 문제를 다 못 푼 사람은 선생님과 공부를 더 해야 한대요. 조금 어려워도 우리는 다 할 수 있대요.

"공부는 힘을 키우려고 하는 거예요. 배울수록 힘이 더 생기거든요. 힘이 생기면 해낼 수 있는 일도 점점 많아지지요."

'댄스 힘으로 더하기도 하면 좋겠다.'

다은이는 1학년 1반 댄스 여왕이에요. 아이돌 춤은
뭐든 금방 따라 했지요. 누가 가르쳐 주지 않아도,
아무리 어려워도 금세 배웠어요.

다은이는 어제 처음 춰 본 **쿵쿵** 춤을 떠올렸어요.
하나둘 **쿵쿵**. 둘둘 **쿵쿵**. 어깨는 으ㅡ쓱. 뒤로 돌아
또 한 번!

"다은아, 문다은! 문제 풀어야지요?"

선생님이 다은이를 불러서 뒤로 돌아 또 한 번은 출수 없었어요. 더하기 문제를 다 풀기 전까지는 어림도 없었지요.

다은이도 연필을 들었어요.

'3번은 정말 모르겠어. 어려워.'

교실에는 아이들의 **사각사각** 연필 소리, **속속속** 지우개 소리만 들렸어요. **타닥타닥 탁탁탁** 선생님 컴퓨터 소리도 들렸고요.

다은이는 옆 친구도 안 보고 선생님도 안 보려고 잘 참았어요. 하지만 자기도 모르게 창문 밖을 보고 말았지요.

창문 너머 학교 정원이 내려다보였어요. 아이들은 이곳을 비밀 정원이라고 불렀어요.

무지무지 커다란 할아버지 버드나무와 그 옆에
잉어 귀신이 산다는 비단 연못. 궁금한 이야기가
많은 곳이었어요.

'어? 해바라기잖아! 비밀 정원에도 해바라기가
있었네.'

다은이는 책상에 해바라기 시간표를 보았어요.
딱 하나 남은 수학 칸이랑 눈이 마주쳤지요.

다은이는 칸에 무언가 그리기 시작했어요. 커다란
동그라미에 커다란 꽃잎을 하나, 둘, 셋……. 씨앗도
콕콕콕.

완성! 수학은 이제 다 사라졌어요. 드디어 해바라기
시간표가 완성되었지요.

이번에는 더하기 문제에도 해바라기를 그렸어요.
3번에는 해바라기 한 송이, 4번은 좀 더 어려우니까
두 송이, 크기도 더 크게…….

다은이는 더 이상 머리가 아프지 않았어요. 창문
너머로 불어오는 바람이 상쾌했지요.

잠시 뒤 창문 밖을 다시 보았을 때였어요.

'해바라기가 언제 이렇게 많아졌지?'

키 큰 해바라기들이 어느새 운동장을 가득 채우고
있었어요. 그런데 키가 훌쩍 큰 한 해바라기의 꽃잎이
모자랐어요.

다은이는 문제 5번에 그리다 만 해바라기를 보았어요.
역시 꽃잎이 모자랐지요.

'설마…….'

5번 문제에 꽃잎을 마저 그렸어요. 그리고 운동장을
내다보았지요.

이제 키가 훌쩍 큰 해바라기에도 꽃잎이 다 채워져
있었어요!

다은이는 좋은 생각이 났어요.

'해바라기 학교로 만들어 버리자!'

해바라기 학교에는 수학이 없어요. 다은이가 여기 숫자들을 해바라기에게 다 줄 거니까요.

해바라기는 숫자를 먹고 까만 씨앗을 만들었어요.

콕콕콕 콕콕콕콕.

숫자를 먹은 해바라기들이 점점 더 많아졌어요. 키도 점점 더 커졌지요. 그리고 마침내 창문을 넘어 교실로 들어오기 시작했어요!

쑤욱 쭈욱.

1학년 1반 교실은 거대한 해바라기 숲이 되었어요. 해바라기 꽃에 가려서 옆에 있는 친구도 안 보였어요. 해바라기 잎에 가려서 선생님도 안 보였지요.

다은이는 교실 천장까지 닿은 해바라기를 보다가 그만 연필을 떨어뜨렸어요.

데굴데굴.

다은이는 몸을 구부려 연필을 찾다 깜짝 놀랐어요.

'뭐야, 거북이잖아!'

작은 거북이가 글쎄 다은이 연필을 입에 물고 있지 뭐예요? 거북이는 한 걸음 **콩콩**. 두 걸음 **콩콩**. 아주 느린 콩콩 춤을 추었지요.

어깨는 으-쓱. 뒤로 돌아 또 한 번! 거북이는 콩콩 춤을 추면서 **느릿느릿** 책상 위로 올라갔어요.

《콩콩   콩콩》

바로 강돌이 책상이었어요. 다은이가
고개를 쭉 빼고 올려다보았지요.
　　강돌이는 거북이 등에 막 날개를
그리고 있었어요. 거북이는 곧 돋아난
한쪽 날개를 펼치고는 해바라기 숲속을 기우뚱
날아올랐어요.
　　다은이 연필을 입에 물고 말이에요.
　　"내 연필을 돌려줘!"
　　다은이가 아주 작게 말했어요. 거북이가 놀라면
높은 데서 뚝 떨어질지도 모르니까요. 아직 날개가
하나밖에 없어서 위험해 보였거든요.
　　"그건 내 연필이야!"

　　이어서 거북이 등에 두 번째 날개가 돋아나기
시작했어요. 연필을 가지고 멀리 날아가 버릴 것
같았지요.
　　"돌려줘!"

큰 소리로 외치자 거북이가 깜짝 놀라서 연필을
떨어뜨렸어요. 다은이는 연필을 잡았어요. 이제 됐다!

"문다은, 무슨 일이니? 이게 뭐지?"

오다정 선생님이 다은이의 수학 책을 들고 있었어요.
해바라기 숲과 거북이는 어느새 사라지고 없었지요.
반 아이들 모두 다은이를 쳐다보았어요.

다은이는 얼굴이 빨갛게 되어 버렸어요. 콩닥콩닥
어질어질. 울음이 터질 것 같았어요.

'아, 어쩌지? 거북이야, 나도 데려가 줘.'

그때, 교실 맨 뒤에서 지용이가 소리쳤어요.

"탈출했다! 선생님, 거북이가 탈출했어요."

거북이가 어항에서 나와 사물함을 **엉금엉금** 기어가고 있었던 거예요. 아이들이 **꺅** 소리를 질렀어요. 선생님도 입을 **쩍** 벌렸지요.

"거북이는 사납지 않아."

1학년 1반 거북이 돌봄이 강돌이가 거북이를 **조심조심** 잡아서 어항에 다시 넣어 주었어요. 덕분에 거북이는 집으로 무사히 돌아갔어요.

수업이 끝나고 아이들도 집으로 돌아갔지요.

딱 한 아이만 빼고요.

"이쪽 해바라기가 춤을 쿵쿵 추고, 저쪽 해바라기가
춤을 쿵쿵 추었어. 쿵쿵 소리는 모두 몇 번이지?"

"이쪽 해바라기가 쿵쿵, 저쪽 해바라기가 쿵쿵.
더하면 쿵쿵쿵쿵……."

다은이는 선생님과 더하기 공부를 더 했어요.

'어려워도 조금씩 조금씩 해내면 어려운 게 조금씩
조금씩 없어지겠지요, 선생님?'

교실을 나오기 전 다은이는 어항으로 가 보았어요.
거북이에게 작게 속삭였지요.
'거북이야, 거북이야, 안녕. 다음에는 날개를 다
그려 줄게. 그때는 진짜 탈출하자. 쉿!'

모두가 돌아간 시간

5 교시

빵점 선생님
노달관

곰곰 초등학교 수업이 모두 끝났어요. 아이들은
집으로 돌아가고, 학교는 조용해졌지요.

"이제 시작해 볼까?"

곰곰 시간표에는 없는, 방과 후 바느질 교실 노달관
선생님의 숙제 검사 시간이 되었어요.

"바느질을 다들 잘해 왔겠지? 아무렴! 백 점짜리
수업을 들었으니까 숙제도 백 점일 거야."

선생님은 침을 **꼴깍** 삼켰어요.

1번 숙제는 기대만큼 훌륭하지 않았어요. 선생님
이마에 주름살이 생겼지요.

　　"그래, 다음은 백 점일 거야. 틀림없지!"

　　다음 차례도 선생님의 주름살은 펴지지 않았어요.
그다음, 그다음, 그다음도요.

　　선생님 이마에 주름살은 **우글쭈글 울퉁불퉁**
더 찌그러질 자리도 남지 않았어요.

"모두 **빵 빵 빵** 빵점이라니!"

노달관 선생님은 두 손으로 책상을 내리쳤어요.

"머리 나쁜 새들도, 뺀질거리는 생쥐, 별 볼 일 없는 개미라도 이보다는 낫겠어!"

선생님이 책상을 어찌나 세게 내리쳤던지, 교실 유리창에 **쩍** 붙어 있던 껌딱지가 **슈우웅** 아래로 떨어졌어요. 누구 머리 위에 떨어지기라도 하면 큰일 날 껌딱지였지요.

"대체 뭐가 잘못된 걸까? 그렇게 가르쳐도 이렇게 배우는 게 없다니……."

선생님은 **펑펑** 울고 싶었지만 콧물만 나왔어요.

"크응!"

코를 푼 손수건에는 구멍이 나 있었어요. 선생님 마음도 딱 이 손수건 같았지요.

"그래, 다 빵점이구나. 아, 나는 빵점 선생님이야."

아이들도 노달관 선생님을 빵점 선생님이라고

불렀어요. 맨날 빵점만 주니까요.

"아이들 말대로 바느질이 무슨 쓸모가 있겠어.
그럼 나도 쓸모없는 선생님일까? 아이들은 정말
아무것도 배울 게 없는 걸까?"

선생님은 아이들 숙제에 빵점을 주는 게 하나도
신나지 않았어요. 다 그만두고 아무도 모르는 곳에
숨고 싶었지요.

그때였어요!

콕콕콕.

교실 문밖에서 소리가 들렸어요. 하지만 선생님은
자리에서 꼼짝도 안 했어요. 지금은 아무도 만나고
싶지 않았으니까요.

콕콕콕.

"아, 정말 귀찮은 아이군! 보나 마나 두고 간 물건을
찾으러 왔겠지."

선생님은 일어나 교실 문을 열었어요.

콕 콕 콕

"안녕하세요, 선생님? 헤헷, **찍찍**!"

복도에는 아무도 안 보였어요. 선생님은 아이들이
장난을 친 게 틀림없다고 생각했어요.

"헤헷, 여기예요. 여기요, **찍찍**!"

누군가 선생님 바지 자락을 잡아당겼어요.

선생님은 아래를 보고 깜짝 놀랐어요. 웬 비둘기가
부리로 바지를 물고 있는 게 아니겠어요? 그 옆에는
작은 생쥐가 코를 씰룩거리고 있었고요.

"너희들은 대체 누구냐?"

노달관 선생님은 흘러내리는 돋보기안경을 고쳐 썼어요. 생쥐가 양손을 모으고 선생님께 인사했어요. 비둘기는 양 날개를 머리 위로 모아 큰절을 했지요.

"선생님, 바느질을 배우고 싶어요!"

"가르쳐만 주시면 잘 배울게요. 진짜예요."

생쥐와 비둘기는 서로 싸우기 시작했어요. 자기가 먼저 배우겠다면서요.

"이게 다 껌딱지 때문이에요, 선생님. 찍찍!"

생쥐는 하늘에서 떨어진 껌딱지 이야기를 했어요.

"비둘기가 머리에 껌을 맞고 쓰러졌는데, 제가 구했어요!"

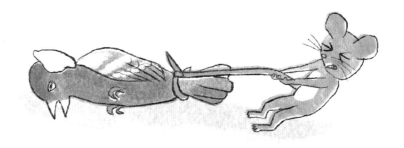

생쥐는 그 비둘기를 자기 꼬리에 묶어 데려왔다며
쉬지 않고 떠들어 댔지요.

"그런데 너희들은 왜 배우려고 하니, 바느질을?"

"이어야 해요, 제 꼬리요!"

"꿰매야 해요, 제 깃털이요!"

생쥐는 비둘기를 구하다 끊어진 제 꼬리를 보려고
뱅글뱅글 돌았어요. 비둘기는 들러붙은 껌을 떼다
깃털이 뽑힌 얼굴을 날개에 **쏙** 숨겼어요.

그때였어요. 어디선가 작은 목소리가 들렸어요.

"걱정 마. 노달관 선생님은 백 점 선생님이니까."

백 점이라니, 선생님 심장이 **쿵쿵쿵** 뛰었어요.

"선생님이 잘 가르쳐 주실 테니 수업 준비를 하게."

목소리를 따라 비둘기와 생쥐는 책상 앞에 반듯이 앉았어요.

노달관 선생님도 책상 앞에 앉아 바느질 숙제들을 자세히 들여다보았지요. 작은 목소리가 거기서 나는 것 같았거든요.

"아니, 이건······."

왕개미 한 마리가 바늘땀
사이에서 **엉금엉금**
기어 나오더니 꾸부정한
허리를 폈어요.

그러고는 돋보기 너머
흐릿하게 보이는 노달관
선생님 눈을 똑바로 보았지요.

"더 늙기 전에 꼭 배우고 싶어요,
선생님."
왕개미 할머니는 이 교실에서 글자도
배우고, 더하기 빼기도 배우고, 노래
부르기와 그림 그리기도 배웠대요.
믿기 어렵지만 달리기도 조금 배웠고요.
그리고 배우고 싶은 게 하나 더 있대요.
"바느질이요! 배우면 저도 할 수 있게
되니까요. 전에 못하던 걸 할 수 있게
되면 정말 기쁘니까요."

할머니는 또 말했어요.
"애들아, 진짜 백 점은 잘하지 못해도 그만두지
않는 거란다. 맞지요, 선생님?"
그 말이 맞았어요. 오달관 선생님도 처음부터
능숙한 선생님은 아니었어요. 처음에는 서툴렀지만
그만두지 않아서 지금의 선생님이 되었지요.

"좋아요! 홈질부터 배워 봅시다."

노달관 선생님 목소리는 어느

때보다도 우렁찼어요.

선생님이 바늘에 실을 꿰어 옷감에 쏙 찔러

넣으면, 비둘기도 옷감을 콕콕콕 쪼았어요.

선생님이 한 땀 한 땀 바느질을 하면, 왕개미

할머니도 위아래로 스윽 쏙 바느질 춤을 추었지요.

삭삭삭

콕 콕 콕

"이제 끝! 매듭을 지어 실을 잘라요."

선생님이 가위로 실을 자르자, 생쥐도 커다란

두 앞니를 드러내고 실을 삭삭삭 갈았어요.

콕콕콕 콕콕콕.

스윽 쏙 스윽 쏙.

사각사각 삭삭삭 사각사각 삭삭삭.

세 학생의 바느질은 늦게까지 이어졌어요. 기다란

꼬리를 잇고 풍성한 깃털을 다 꿰맬 때까지요.

스윽 쏙

다음 날, 바느질 교실 아이들이 비밀 정원에
모였어요. 버들 할아버지가 옷을 입고 있었지요.
바느질 숙제를 이은 **알록달록** 멋진 조각보였어요.
　노달관 선생님이 말했어요.
　"여러분이 나무 상처를 덮는 예쁜 옷을 지었네요."
　버들 할아버지는 지난 겨울, 몸통에 작은 상처가
생겼거든요.
　"선생님, 우리 바느질이 다 빵점이라서 나무가
싫어하지는 않을까요?"
　아이들이 웃자 선생님이 대답했어요.
　"흠, 그럼 여러분이 나무에게 물어볼래요?"
　아이들은 버들 할아버지에게 바짝 귀를 대었어요.
　'빵점이면 어때! 아주 딱 좋구먼. 에헴!'

　삐뚤빼뚤 우글쭈글 조각보 옷은 아이들의 자랑이
되었어요. 노달관 선생님도 빵점 선생님이 아니라
No 노 빵점 선생님이 되었답니다.

학교는 어떤 곳일까요?

공부는 학원에서 할 수 있고, 놀이는 놀이터에서 할 수 있어요. 휴대폰만 있으면 내 말을 잘 알아듣는 AI 친구도 둘 수 있지요. 꼭 학교에 가지 않아도 공부와 놀이는 다 할 수 있어요. 그런데도 왜 우리는 학교에 갈까요?

곰곰 초등학교 1학년 1반 아이들은 오늘도 학교에 가요. 학교 정원에는 신비한 비밀을 간직한 작은 연못과 아이들 이름을 다 외우는 할아버지 버드나무가 있어요. 길고양이 꽃님이는 곰곰 시간표를 받고 드디어 학교에 들어와 비단이를 만나지요. 둘은 서로의 이름을 기억하고, 함께 놀고 이야기하며 친구가 돼요. 참새 삐쭈도 아이들과 한마음이 되면서 모두와 친구가 되고요.

어때요? 학교는 이처럼 친구를 알고, 세상 모두와 친구가 되는 법을 배우러 가는 곳이에요. 늘 깜빡깜빡해도 다정한 오다정 선생님, 점수 때문이 아니라 할 수 있는 게 많아지니까 도전하는 노달관 선생님도 아이들과 친구가 되고 사랑하는 법을 조금씩 배우고 있을 거예요. 그렇고 말고요.

학교에 다니다 보면 내 마음과 다른 친구들 때문에 속상할 때도 있어요. 잘하고 싶지만 어렵기만 한 공부도 있고요. 비가 오는 날도 있고, 무지개처럼 행운이 찾아오는 날도 있어요.

학교는 편의점처럼 내가 원하는 것만 쉽게 빨리 내주지는 않아요. 곰곰 시간표대로 차곡차곡 배우게 하고 우리를 조금씩 튼튼하게 하지요. 그래서 무슨 일이든 스스로 잘 헤쳐 나가는 힘이 자라게 하는 곳, 그게 바로 학교예요.

여러분에게 꼭 해 주고 싶은 말이 있어요. 친구의 이름을 잘 기억해 주세요. 이름을 잘 알고 있는 친구에게는 함부로 할 수 없어요. 또 자기 이름을 기억해 주는 친구가 있는 사람은 자기 이름을 부끄럽게 할 수 없지요.

무지개 모둠 아이들처럼 친구들과 힘을 모으고, 하루를 씩씩하게 걸어가 보아요. 누구나 다니고 싶은 학교를 함께 만들어 보아요.

나의 친구, 여러분을 응원해요.

이란실

곰곰 시간표 주세요!

저학년을 위한 ☺ 파스텔 동화책 01

오깜빡 선생님과 노빵점 교실

초판 1쇄 발행 2025년 1월 22일

글 이란실 **그림** 남주현

기획편집 최문영 **디자인** 박미경 **제작** 공간

펴낸이 최문영 **펴낸곳** 파스텔하우스 **출판등록** 제2020-000247호(2020년 9월 9일)

주소 04038 서울특별시 마포구 잔다리로 48, 3층

전화 02-332-2007 **팩스** 02-6007-1151 **이메일** pastelhousebook@naver.com

ISBN 979-11-94098-02-7 73810

글 ⓒ 이란실 **그림** ⓒ 남주현 2025

잘못 만들어진 책은 서점에서 바꾸어 드립니다.
이 책은 저작권법에 따라 보호받는 저작물이므로 무단 전재와 무단 복제를 금합니다.
이 책의 전부 또는 일부를 이용하려면 반드시 저작권자와 출판사의 서면 동의를 받아야 합니다.

홈페이지 pastelbook.co.kr **인스타그램** @pastelhousebook
다양한 책 이벤트에 참여하고, 독후 활동 자료도 받으세요.
어린이 독자님의 의견과 질문을 언제나 환영합니다.

제품명	아동도서
제조사명	파스텔하우스
제조국명	한국
사용연령	6세 이상

주의사항 종이에 베이거나 긁히지 않도록 조심하세요.
책 모서리가 날카로우니 던지거나 떨어뜨리지 마세요.
KC마크는 이 제품이 공통안전기준에 적합하였음을
의미합니다.